SOÑADORES

Verónica Moscoso

SPANISH EASY READER

LEVEL 3-4

www.veromundo.store

SOÑADORES

is published by

Authored by Verónica Moscoso
Cover art and chapter illustrations by Prakash Thombe

ISBN: 978-1-7342399-5-9

RESOURCES

veromundo.store/resources-for-sonadores/

For resources to accompany this book go to the link or the QR Code above. We are constantly updating the info in the resources page.

SOÑADORES is an easy reader novella for upper intermediate and advanced Spanish students. The story is written in conversational Spanish, using simple grammatical structures in various forms of the past, and plenty of repetition.

MI VIDA PERFECTA

Era una mañana de cielo azul. Mis hermanos menores y yo caminamos a nuestra escuela, como siempre. La escuela quedaba a cinco minutos de nuestra casa. Cuando llegamos, saludé a mis amigos. Tenía muchos amigos en la escuela.

Vi a Natalie, mi mejor amiga, conversando con un grupo. Me uní al grupo y luego Nick, mi mejor amigo y mi novio, se unió también al grupo.

Cuando tocó la campana, Natalie y yo caminamos juntas a clase. Estábamos en el último año de secundaria. Natalie y yo teníamos muchas clases juntas. Nick también estaba en el último año, pero no teníamos muchas clases juntos.

Esa mañana de cielo azul yo me sentía feliz. Todo era perfecto en mi vida. En mi casa, mi mamá y mis hermanos estaban muy bien. En la escuela yo tenía muy buenas calificaciones. Natalie era una gran amiga y nos divertíamos mucho. Lo mejor de mi vida era mi relación con Nick. Él era muy importante para mí. Pero yo no sabía que todo iba a cambiar. Mi vida perfecta iba a cambiar ese día.

La primera clase del lunes era estudios sociales. De pronto, la señorita Silva, la consejera de la escuela, interrumpió la clase:

—Perdón por la interrupción. Necesito hablar con tres estudiantes de esta clase. Los estudiantes son: Rosa García, Antonio Gonzales y Sofía Aguirre.

La consejera miró a Rosa y le dijo: "Rosa, ven conmigo ahora". Miró a Antonio, y le dijo: "Antonio, ven a mi oficina a las 9:45". Finalmente, me miró a mí y me dijo: "Sofía, te espero en mi oficina a las 10:15".

Me pregunté: "¿Por qué la consejera quiere hablar con los tres?" Era raro que interrumpiera la clase.

Rosa siempre se metía en problemas, entonces

no era raro que la consejera quisiera hablar con ella. Antonio era un chico tímido, él nunca se metía en problemas. Y yo no era tímida pero tampoco me metía en problemas. Rosa, Antonio y yo teníamos grupos de amigos diferentes. Rosa, Antonio y yo teníamos personalidades muy diferentes también.

La maestra de estudios sociales continuó con la clase. Después de un rato, Rosa volvió a la clase. Entró con una gran sonrisa y hablando en voz alta. —Estoy aquí. Ya volví —dijo, interrumpiendo a la maestra. Todos en la clase se rieron. Los que más se reían eran su grupo de amigos. A la maestra no le pareció chistoso. Rosa se veía feliz. Pensé que la consejera no le dijo nada importante.

Los maestros no sabían qué hacer con Rosa. Ella faltaba a clase. No respetaba las reglas, no respetaba a los maestros y no respetaba a sus compañeros. Pero aunque su actitud era mala, Rosa era brillante para matemáticas. Estaba en la clase avanzada. Siempre tenía las mejores calificaciones. Había un club de matemáticas en la escuela. El maestro de matemáticas quería que ella participara. Ella no quería participar.

Yo tenía muchas ganas de preguntarle a Rosa

de qué habló con la consejera. Pero prefería mantener distancia con ella. Éramos personas muy diferentes. Rosa era la payasa de la clase. Yo, a veces me reía de sus chistes, pero no me gustaban todos sus chistes. Tampoco me gustaban sus amigos.

ESCAPAR

Salí de la oficina de la consejera lo más rápido que pude. Quería escapar. Quería ir a mi casa. Quería meterme debajo de las sábanas a llorar. No quería hablar ni con Natalie ni con Nick. Sentía mucha vergüenza. Me metí al baño para pensar cómo escapar de ellos y de sus preguntas. Iba a empezar a llorar pero Rosa entró al baño. Yo no quería que Rosa me viera llorar.

Rosa me ignoró. Actuó como si no me hubiera visto. Se miró al espejo y arregló su pelo morado.

Salí del baño. Mi plan era ir a la oficina, decir que estaba enferma, pedir que llamen a mi mamá y conseguir permiso para salir de la escuela. Pero no pude esconderme de Natalie. Ella me encontró y me dijo:

—Sofía, ahí estás. ¿Qué te pasa? Estás pálida.

—Me siento mal. Tengo náuseas —le dije.

Natalie era muy curiosa y, obviamente, me preguntó:

—¿Qué te dijo la consejera?

—Te cuento otro rato. Me siento enferma y no quiero hablar —le dije, y Natalie no insistió.

Finalmente conseguí permiso para ir a mi casa. Y en ese hermoso lunes de cielo azul, mi vida ya no era perfecta. Las palabras de la consejera se repetían en mi mente: "Sofía, no tienes papeles. Ir a la universidad, en tu caso, puede costar mucho, mucho dinero. Ir a la universidad puede ser muy difícil en tu caso".

Para mí ir a la universidad era muy importante. Desde los 12 años, se convirtió en mi sueño y mi meta. A los 12 años mi papá se fue. Esto fue muy difícil para mí y para mis hermanos menores. Pero lo más difícil era ver a mi mamá triste y cansada. Trabajaba mucho. A veces dos o tres trabajos al mismo tiempo. Y, además, tenía que cuidarnos a nosotros: sus tres hijos. Tenía poco tiempo para descansar. Un día mi mamá habló conmigo. Nunca olvidaré lo que ella me dijo:

—Sofía, tú eres muy bonita. La gente te hace sentir que eso es importante, pero no es importante. ¿Me entiendes?

—Sí, mamá.

—Yo fui la reina de mi escuela. La reina del pueblo. Siempre decían que yo era la más bonita. ¿Adivina qué?

—¿Qué?

—No me sirve. Lo que le sirve a una mujer es estudiar. Tener una profesión. Tienes que saber eso. Nunca dependas de nadie.

Siempre recuerdo esa conversación con mi mamá. Desde los 12 años empecé a esforzarme mucho en la escuela. Quería tener buenas calificaciones. Algunas personas no hacen mucho esfuerzo y tienen buenas calificaciones. Yo tengo que esforzarme mucho. Lo más difícil son las matemáticas.

Me esforzaba por dos motivos: porque quería ver feliz a mi mamá y porque quería ir a la universidad.

LAS LEYES

Al día siguiente no fui a la escuela. En la tarde, después de la escuela, Natalie vino a mi casa. Fuimos a mi cuarto. Cerramos la puerta y Natalie me dijo:

—Sofía, por favor, dime la verdad. ¿Qué te dijo la consejera? Hoy faltaron a clase Rosa, Antonio y tú. Y decían en la escuela que Antonio tuvo problemas con la policía.

—¿Antonio? ¡No puede ser!

—Sí, ¡es increíble! Eso es lo que decían en la escuela. Sofía, ¿qué te dijo la consejera?

Yo respiré profundo. Le contesté:

—Natalie, no tengo papeles. No soy ciudadana

de Estados Unidos.

—No entiendo. Yo sé que tu mamá nació en México pero tú eres de Estados Unidos.

—Yo crecí en Estados Unidos pero nací en México. Mis papás me trajeron a Estados Unidos cuando yo tenía dos años.

—Pero, creciste aquí, vas a la escuela aquí. Eres igual que yo. ¿Por qué no eres ciudadana?

—Porque así son las leyes.

—¡Qué leyes tan ridículas! Estoy segura de que un abogado puede ayudarte.

—No puede ayudarme un abogado. Si fuera tan fácil, todos los inmigrantes sin papeles seríamos ciudadanos.

Natalie se quedó en silencio. No sabía nada sobre las leyes de inmigración.

—Soy ilegal y siento vergüenza —dije con tristeza.

—Sofía, tú eres mi amiga. Eres una gran amiga. No sientas vergüenza. ¿Sabes quienes deben sentir vergüenza?

—¿Quiénes?

—¡Las personas que se inventaron esas leyes ridículas!

Natalie y yo reímos a carcajadas. Natalie era muy chistosa. Me sentí mejor. Luego le expliqué que sería difícil para mí ir a la universidad. Tendría que pagar mucho dinero. Tendría que pagar como estudiante extranjera. Eso significa pagar tres veces más de lo normal. Y no tendría acceso a los préstamos y becas que los ciudadanos tienen. Natalie se puso triste y me preguntó:

—Pero, ir a la universidad es muy importante para ti. ¿Qué vas a hacer? ¿Sabías esto?

La verdad es que yo sí sabía. Sabía que no tenía papeles. Sabía que iba a ser casi imposible ir a la universidad. Pero tenía la esperanza de que, con el tiempo, las leyes iban a cambiar. Soñaba con estudiar y ser una profesional. Y vivía como si las leyes de inmigración no existieran. Tenía que olvidarme de las leyes para poder vivir en paz.

Después de estar juntas un rato, Natalie se fue a su casa. Nick vino a mi casa después de su clase de karate. Sentía miedo de hablar con él. Mi amistad con Natalie no cambió cuando ella supo que yo no tenía papeles. Pero mi relación con Nick sí podía cambiar.

Mi relación con Nick era diferente a otras relaciones entre adolescentes. Él y yo estábamos muy enamorados. Nuestro sueño y nuestra meta era ir a la misma universidad. Queríamos seguir juntos. Estudiábamos juntos. Margie, la hermana mayor de Nick, me ayudaba a estudiar matemáticas. Los padres de Nick y mi mamá estaban felices porque él y yo estudiábamos mucho.

Esa tarde, cuando Nick vino a mi casa, le conté lo que me dijo la consejera. Igual que Natalie, Nick estaba confundido.

—¿Qué? Debe ser un malentendido. Sofía, nosotros tenemos planes. Nosotros vamos a estudiar en la misma universidad. Esa es nuestra meta.

Yo escuchaba en silencio a Nick. Él me preguntó: —¿Tú sabías esto?

Lo más fácil hubiera sido mentir, pero dije la verdad —Sí.

Entonces Nick se enojó mucho. Pensó que yo era una mentirosa. Estaba muy decepcionado. Yo tampoco entendía cómo pude vivir sin pensar en las leyes. No entendía cómo estudiaba tanto sin ver la realidad. No entendía por qué me mentí a mí misma y a Nick. No entendía y no podía explicarle a Nick que para poder vivir en paz yo tenía que olvidarme de las leyes.

Yo no quería perder a Nick, pero esa tarde él y yo terminamos.

ROSA Y ANTONIO

Todos en la escuela sabían que Nick y yo habíamos terminado. Éramos una pareja muy popular. Las noticias volaban en nuestra escuela.

Nick no me hablaba. No me veía a los ojos. Era duro sentir su enojo. Era duro sentir su decepción. Y cada vez que yo le veía me dolía el estómago.

Ese día tuvimos examen de matemáticas pero no estudié. Era la primera vez, desde los 12 años que yo no estudiaba. Tenía muchas cosas en la cabeza. No podía estudiar. Era difícil poner atención en clase. Me fue mal en el examen.

Yo extrañaba a Nick pero también extrañaba a Margie. Margie era una excelente tutora. Yo odiaba tener malas calificaciones, pero realmente no sé por qué me importaba tanto. Sabía que no podría estudiar en la universidad.

Ese mismo día durante educación física tuvimos una clase de atletismo. Antonio y Rosa tenían clase conmigo. Les busqué con mis ojos. Antonio estaba pálido y muy triste. No hablaba con nadie. Yo entendía perfectamente cómo se sentía.

Rosa era la más rápida de la clase. Era rapidísima. El maestro le dijo:

—¿Por qué no entrenas con el equipo de atletismo de la escuela? Tienes mucho potencial.

—Usted sabe, las personas famosas como yo no tenemos tiempo para nada —respondió Rosa bromeando y riendo. El maestro rió y le dijo:

—Atletas como tú ganan becas para estudiar en las universidades.

Rosa se rió y no contestó nada. Mis ojos se encontraron con los ojos de Antonio y Rosa. Los tres pensamos: "Las becas son para los ciudadanos".

Me sentía triste cada vez que recordaba que yo no tenía papeles. Caminé al baño. No me di cuenta de que Rosa había empezado a caminar detrás de mí. Pero sí me di cuenta de que Liz Torres venía hacia mí.

Nick había sido novio de Liz antes. Ella estaba feliz porque Nick y yo habíamos terminado. Liz me dijo en forma sarcástica: "Nick ya está saliendo con otra chica. ¿Estás triste?"

En otro momento yo le hubiera contestado algo sarcástico también pero me sentía muy triste. No le contesté nada. Me metí en uno de los baños y me encerré. No quería salir. Rosa vio lo que pasó y me siguió al baño. Esperó un tiempo y golpeó la puerta del baño donde yo estaba encerrada.

—Toc toc —dijo Rosa.

—¿Quién es? —le contesté.

—Lola.

—¿Lola qué?

—Lola drones.[1]

Rosa y yo reímos.

—¿Por cuánto tiempo te vas a quedar encerrada en el baño?

—Por siempre —le contesté.

---

[1] Game of words: "Lola drones" sounds like "Los ladrones" (the thieves)

—¿Puedes hablar conmigo?

—Okay —le dije. Estaba sorprendida porque rara vez Rosa y yo hablábamos.

—Antonio y tú me tienen preocupada. Desde el día en que la consejera habló con los tres, a ustedes se les ve mal. Parece que han visto un fantasma.

Yo no tenía idea de que Rosa podía preocuparse por alguien. Me sorprendió lo que dijo. Le contesté:

—Me pone triste saber que no puedo ir a la universidad.

—Pero… ¿no sabías? Yo siempre supe.

—Sí sabía. Siempre supe. No sé como explicar esto. Me olvidé de las leyes. Pensé que las cosas iban a cambiar. Y ahora Nick está decepcionado porque le mentí. Sabe que soy ilegal. Y Liz Torres me va a atormentar cuando sepa que soy ilegal.

—Oye, Sofía, primero, no se dice "ilegal". Se dice "indocumentada". No hay un ser humano "ilegal". No quiero que vuelvas a hablar así. Segundo, Nick no te entiende porque él sí es ciudadano. Nick no sabe lo que se siente ser indocumentado. Y tercero, Liz es una pesada. ¿Qué te importa lo que Liz piense?

Me quedé en silencio. No sabía qué responder. Todo lo que Rosa decía tenía sentido.

—Mira Sofía, nunca hemos sido amigas pero tú eres una buena persona. Ayudas a la gente. Todos quieren ser tus amigos. Tienes mucha suerte de ser quien eres.

Rosa, la chica de pelo morado, que siempre estaba rompiendo reglas, me estaba levantando el ánimo. ¡No lo podía creer! Con una voz muy suave le dije: —Gracias.

—Vales mucho, Sofía. Y una chica como tú no debe estar encerrada en un baño que apesta tanto como este.

Las dos reímos. Salí del baño más tranquila y sonriendo. Rosa me dijo: —Creo que debemos buscar a Antonio y hablar con él.

***

En el recreo Rosa y yo buscamos a Antonio. Encontramos un lugar, lejos de todos, para hablar. Le dije:

—Antonio, desde que la consejera habló con nosotros, yo no me he sentido bien. ¿Cómo estás? ¿Estás bien?

Antonio bajó la mirada. Se demoró en

contestar. Con la mirada en el piso, dijo:

—Mis papás me mintieron.

Rosa y yo nos miramos sorprendidas.

—Mis papás me hicieron creer que yo era ciudadano. Yo crecí orgulloso de ser de Estados Unidos. Ahora, no sé qué hacer. Me pueden deportar en cualquier momento. Y si me deportan a las Filipinas, ¿qué hago? No conozco Filipinas. Mi vida está aquí. Todos mis recuerdos están en este país.

Antonio no dejaba de mirar al suelo y repitió: —Mis papás me mintieron. —y después dijo—

Hay algo que pasó y no le he contado a nadie.

—¿Qué pasó? —le preguntamos con curiosidad. Y nos dijo:

—Tuve problemas con la policía.

Rosa y yo nos miramos. Toda la escuela sabía que Antonio había tenido problemas con la policía. Entonces Rosa le dijo:

—Antonio, las noticias vuelan en nuestra escuela. Esto pasó el lunes, ¿verdad?

Antonio se puso rojo, como siempre cuando sentía vergüenza, y nos contó lo siguiente:

"Les pregunté a mis papás si era verdad que yo

no tenía papeles. Ellos me dijeron que sí, que yo no era ciudadano. Sentí como si un tsunami estuviera destruyendo mi mundo. Quería escapar. Salí de mi casa y vi a Jerry Magnus, uno de tus amigos, Rosa. Jerry es mi vecino. Me preguntó si quería pasar un rato con él. Yo siempre mantenía distancia con Jerry. Él siempre se mete en problemas. Pero esta vez dije que sí. Y fue un gran error. Jerry y sus amigos robaron un auto. Y yo estaba en el auto cuando nos paró la policía.

Los policías hablaron con mis papás. Mis papás estaban muy decepcionados y enojados conmigo. Y yo también estaba decepcionado y enojado con ellos.

Me peleé con mis papás. Les dije que desde niño me habían llevado a la iglesia. Desde niño me habían enseñado a respetar las reglas. Desde niño me habían enseñado a decir la verdad. Y ahora me doy cuenta de que mi vida es una mentira."

Entonces me acerqué a él y le dije:

—Mira, Antonio, te voy a contar algo. Yo siempre supe que era indocumentada. Pero para poder vivir en paz, yo me mentí a mí misma. Le mentí a mi novio. La verdad era muy dura y mentí. Me olvidé de las leyes. Yo vivía como si las leyes de inmigración no existieran. Estoy segura de que tus papás querían protegerte. Seguramente tenían la esperanza de que las leyes iban a cambiar. Yo tenía esa esperanza también. Estoy segura de que tus papás son buenas personas.

Antonio levantó la mirada y nos vio a Rosa y a mí. Nos dijo: "Gracias". Sentí como si Antonio fuera un viejo amigo. Él y yo nos abrazamos. Miré a Rosa y le hice un gesto para que se uniera al abrazo. Rosa no se unió. A ella no le gustaba dar abrazos.

—¿Qué va a pasar cuando me gradúe de la escuela secundaria? —preguntó Antonio.

—Rosa y yo podemos contestar algunas de tus preguntas, pero creo que debemos hablar con la Señorita Silva, la consejera —dije.

LOS SOÑADORES

Ese mismo día los tres fuimos donde la consejera y le pedimos una cita para hablar sobre nuestra situación. Ella nos dijo que también quería hablar con nosotros.

—El lunes, cuando hablé con ustedes, yo quería explicarles más sobre sus posibilidades. Pero no me dejaron terminar —nos dijo la señorita Silva.

Cuando la consejera le dijo a Rosa que era indocumentada y que iba a ser difícil ir a la universidad, Rosa dijo que no le interesaba la universidad y salió de la oficina. Cuando la consejera habló con Antonio, él se quedó en shock. Y salió de la oficina muy rápido, convencido de que era un malentendido. Cuando la consejera habló conmigo, yo también me quedé en shock. Dije que no me sentía bien. Salí de la oficina lo más rápido que pude.

—Antonio, hay muchos jóvenes que se dan cuenta de que son indocumentados en el último año de secundaria, cuando empiezan a hacer trámites para ir a la universidad. Otros se dan cuenta de que son indocumentados cuando quieren tener una licencia de manejo y no pueden porque no tienen papeles. Es común —dijo la consejera.

—¿Qué otros estudiantes de esta escuela son indocumentados?—preguntó Rosa.

—Es algo privado y no puedo hablar de esto —dijo la consejera.

—Las becas y los préstamos son solo para ciudadanos, ¿verdad? —pregunté.

—La gran mayoría de becas y préstamos son para ciudadanos. Es verdad. Hay muy pocas becas para estudiantes indocumentados. Pero quiero contarles algo que les va a dar esperanza.

Rosa, Antonio y yo pusimos mucha atención. La consejera nos habló de una propuesta de ley que se llama DREAM Act[2]. Esta propuesta es para dar derechos a los inmigrantes que entramos al país, sin papeles, cuando éramos niños. Si esta ley se aprobara, tendríamos el derecho de vivir y trabajar en Estados Unidos. Y podríamos estudiar pagando igual que los ciudadanos. Tendríamos derecho a préstamos y becas. El DREAM Act sería un camino para que jóvenes indocumentados, como yo, ¡pudiéramos ser ciudadanos algún día!

Después de explicarnos sobre el DREAM Act, la consejera nos dijo:

—Hay una mala noticia y una buena noticia.

—¿Cuál es la mala? —preguntó Rosa.

—La mala noticia es que no sabemos cuándo se va a aprobar el DREAM Act. Tal vez se apruebe en unos años. Tal vez no se apruebe.

—¿Cuál es la buena? —pregunté yo.

—La buena noticia es que California tiene su propia versión del DREAM Act. Hay la posibilidad de que esta ley se apruebe en California pronto.

---

[2] DREAM Act: Development, Relief, and Education for Alien Minors Act

—Si se aprueba, ¿cómo nos ayudaría? —preguntó Antonio.

—Si se aprueba, ustedes podrían ir a universidades de California y pagar como si fueran residentes de California.

—Entonces, ¿no necesitaríamos pagar como extranjeros? —pregunté.

—Exactamente. Y podrían pedir préstamos y ayuda financiera al estado de California. Pero no pueden tener ayuda del gobierno federal.

—¿Y becas?

—Posiblemente hay becas. Me imagino que no muchas.

Luego, la consejera nos dijo que no cualquier joven indocumentado va a tener acceso a la ayuda. Hay requisitos. Nos dijo que es importante que no nos metamos en problemas. Si se aprueban las leyes para ayudar a jóvenes inmigrantes como nosotros, los que han cometido delitos no van a tener ayuda.

—Si cometen delitos, pierden estas posibilidades —dijo la consejera.

Antonio se puso rojo y Rosa soltó una carcajada.

—Esto es serio, Rosa —le dijo la consejera. Ella sabía que Rosa era una experta en meterse en problemas.

La consejera nos dijo que a los jóvenes indocumentados como nosotros nos decían DREAMers, por el DREAM Act. "Dreamers" en español es "Soñadores". Me gustó el nombre: Soñadores. Rosa, Antonio y yo éramos Soñadores.

AMIGOS SOÑADORES

La consejera nos dijo que teníamos que luchar si queríamos estudiar en la universidad. Teníamos que esforzarnos mucho si queríamos que una buena universidad nos aceptara. Y teníamos que esforzarnos más si queríamos becas.

Para mí esto era obvio. Incluso personas como Nick y Melanie, que son ciudadanos, tenían que esforzarse para entrar a una buena universidad. Rosa, Antonio y yo teníamos que esforzarnos mil veces más.

Me preocupaba Rosa. No sabía lo que ella pensaba. Cuando salimos de la oficina de la consejera, los tres conversamos. Y yo, en broma, dije algo para ver la respuesta de Rosa:

—Es obvio que tengo que luchar mucho por mis sueños. No soy como otras personas que faltan a clase, no estudian, no ponen atención y tienen A + en matemáticas.

Rosa se rió a carcajadas. Antonio y yo nos reímos también esperando una respuesta de Rosa, pero ella no dijo nada, solo se rió.

—Rosa, no tienes idea todo el esfuerzo que yo hago para estudiar matemáticas.

—Yo también —dijo Antonio.

Entonces, riendo dije —Antonio, no creo que seas tan malo para matemáticas como yo. Margie, la hermana de Nick, se pasaba horas explicándome y ayudándome. Ella esperaba que yo tuviera A pero mi calificación más alta es B. Extraño a Nick pero también extraño a Margie, ella era una excelente tutora.

Rosa y Antonio estaban sorprendidos. Pensaban que estudiar no era tan difícil para mí.

—Y tú no necesitas hacer ningún esfuerzo —le dije a Rosa.

—¿Cómo haces para tener A + siempre? ¿Haces trampa en los exámenes? —preguntó Antonio.

—No hago trampa. La verdad es que siempre, desde niña, las matemáticas han sido fáciles para mí. Es como un juego. Y no necesito estudiar. No necesito hacer esfuerzo. Pero hay otras cosas que sí son difíciles para mí.

—¿Como qué? ¿Como el atletismo? —preguntó Antonio bromeando. Los tres reímos a carcajadas.

—Nunca he visto a nadie correr más rápido que tú —dijo Antonio.

—¿Te das cuenta? Las personas normales hacemos mucho esfuerzo. Tienes mucha suerte de ser quien eres —le dije a Rosa, y ella sonrió pero no dijo nada.

—¡Los maestros te piden que entres a sus clubes y a sus equipos! —añadió Antonio.

Rosa seguía sonriendo en silencio pero después nos dijo: —Okay. Voy a entrar al club de matemáticas y al equipo de atletismo…. pero con una condición…

—¿Qué condición? —preguntamos Antonio y yo.

—Que cambien de cara. Parece que han visto un fantasma.

Todos reímos. Y luego Rosa nos dijo:

—Yo les ayudo a estudiar la próxima vez que tengamos examen de matemáticas.

Antonio y yo nunca pensamos que nos juntaríamos con Rosa para estudiar.

PREGUNTAS Y RESPUESTAS

Rosa se fue para su casa. Antonio y yo nos quedamos un rato más en la escuela conversando. Antonio estaba confundido sobre las leyes de inmigración. Estaba muy preocupado por la posibilidad de deportación. No entendía cómo iba a ser su vida sin papeles. Me preguntó si yo también estaba preocupada.

—Sí, es una preocupación que tengo siempre. Trato de no pensar en eso. También trato de no meterme en problemas.

—Yo estoy muy preocupado. ¿Por qué hay familias de inmigrantes que tienen papeles y otras familias de inmigrantes que no tienen papeles?

—Hay diferentes casos. Hay personas que inmigran legalmente y luego pueden hacerse ciudadanos. Pero inmigrar legalmente no es posible para la gran mayoría. Para mis padres era imposible inmigrar legalmente. Estoy segura de que era imposible para tus padres también. La persona que no inmigra legalmente, no tiene papeles legales, es "indocumentado".

—¿Cómo inmigraron tus papás?

—Mis papás cruzaron la frontera cuando yo tenía dos años. En mi familia, mi mamá, mi papá y yo somos indocumentados. Mis hermanos menores nacieron en Estados Unidos. Ellos son ciudadanos de Estados Unidos. Yo no, porque nací en México. Si mis hermanos, que son ciudadanos de Estados Unidos, algún día tienen hijos, sus hijos van a ser ciudadanos también, aunque nazcan en otro país. Antonio, tal vez tu hermano menor es ciudadano. ¿Nació aquí?

—No sé. Tal vez. Nunca hablamos de esto en mi familia. También hay casos de familias inmigrantes que logran conseguir ciudadanía, ¿verdad?

—Sí, pero no es fácil o posible para todos. También hay muchas familias en las que hay algunos que son ciudadanos y otros no. Como mi familia. O, por ejemplo, pueden deportar al papá, que no tiene papeles, pero no deportan a la mamá porque ella es ciudadana. Se separan las familias.

—Sé que mis papás no son ciudadanos. Y tus papás tampoco son ciudadanos. ¿Cómo pueden trabajar si no tienen papeles?

—Los inmigrantes indocumentados trabajan sin permiso. Muchas veces encuentran trabajos en sitios donde no les piden papeles. Generalmente esos son trabajos muy mal pagados. Otras veces usan papeles falsos para trabajar. Hay muchos indocumentados trabajando por poca paga en muchos lugares. Hay industrias muy grandes en Estados Unidos que dependen del trabajo de esos inmigrantes.

—¿Qué industrias?

—La agricultura, la construcción, los restaurantes, por ejemplo. Mucha gente no sabe que estas personas indocumentadas también pagan impuestos.

—He visto a mis papás pagar impuestos todos los años. ¿Cómo pueden pagar impuestos si no tienen papeles?

—Mi mamá paga sus impuestos con un

número que se llama ITIN[3], porque ella no tiene un número de seguro social. Con el ITIN muchas personas indocumentadas pagan sus impuestos. Otras personas pagan sus impuestos usando el número de seguro social falso.

—¡Qué ridículo! No tienes permiso para trabajar legalmente pero sí puedes pagar impuestos.

—Hay muchas contradicciones. También hay inmigrantes, como tus papás, que tienen su negocio y empleados. Su negocio es legal aunque ellos son indocumentados.

—Tu mamá vive muchos años aquí, mis papás también. ¿Por qué no son ciudadanos?

—Porque no es posible. No hay leyes que les ayuden a hacerse ciudadanos. Hay personas que piensan que inmigrar legalmente es fácil. No es así. O piensan que puedes ganar la ciudadanía. No hay forma. Si se quedaron a vivir en Estados Unidos sin papeles, no hay ley que les ayude. No existe esa ley.

—Si es tan difícil, ¿por qué inmigraron?

—Los inmigrantes vienen a trabajar. En el caso

---

3 ITIN: Individual Taxpayer Identification Number

de mis papás, ellos soñaban con vivir en un país lleno de oportunidades como Estados Unidos. Es el "sueño americano". Los inmigrantes buscan un futuro mejor. Mis padres estaban escapando de la pobreza. Era muy difícil salir adelante en México. Conozco personas que inmigraron porque querían escapar de la violencia en sus países. Cada caso es diferente.

—Es verdad. Mi mamá siempre les manda dinero a mis abuelos en Filipinas. Ese dinero ayuda mucho a mis abuelos. Sofía, si te deportan, tendrías que vivir en México. Si me deportan, tendría que vivir en Filipinas. Filipinas no es mi país. Estados Unidos es mi país. Yo soy de Estados Unidos.

—Te entiendo. Yo vine cuando tenía dos años. Estados Unidos es mi país también. Crecimos aquí. Yo también soy de Estados Unidos.

—¿Cómo esperan que vivamos en un país que no conocemos?

—A las personas que hacen las leyes no les importa nuestra situación.

—Pero esas leyes nos están castigando. ¡No tenemos la culpa! Nos trajeron cuando éramos niños.

—Yo sé.

—Si no se aprueba el DREAM Act de California, ¿qué vamos a hacer? No tenemos permiso para trabajar ni estudiar. ¿Cómo podemos vivir así?

—Mucha gente usa papeles falsos, Antonio.

—No quiero vivir así. No quiero mentir. No quiero hacer cosas ilegales. ¡Es horrible!

—Sí, es horrible. Tampoco quiero vivir así. Nadie quiere vivir así. Es horrible ser indocumentados. Tenemos que mentir para sobrevivir.

—Sofía, ahora te entiendo. Por eso en todos estos años te olvidaste de las leyes. Por eso vivías como si estas leyes no existieran. Por eso nunca hablaste de esto con tu novio. Por eso mis papás me mintieron.

Y cuando Antonio dijo esto, me di cuenta de que Antonio había empezado a perdonar a sus padres. Y yo empecé a perdonarme a mí misma. No sabía si Nick me perdonaría algún día.

Antonio y yo estábamos muy interesados en saber más sobre el movimiento de los Soñadores y sobre el DREAM Act de California. La consejera nos había dado, a cada uno, unos papeles con información. Antonio y yo nos dimos cuenta de que teníamos los papeles de Rosa. Se me ocurrió que podíamos ir a la casa de Rosa para entregarle los papeles.

LA CASA DE ROSA

Antonio sabía donde vivía Rosa. Cuando llegamos, no nos atrevimos a tocar la puerta. Se oían gritos. Había una gran pelea en la casa de Rosa. Nuestro primer instinto fue oír la pelea. Luego Antonio y yo nos miramos. Sabíamos que debíamos irnos, pero justo antes de irnos, Rosa y su perro salieron de la casa. Rosa dio un portazo. Tenía una cara muy triste y enojada. Nunca habíamos visto así a Rosa. Rosa nos vio y no nos dijo ni una palabra, solo se alejó caminando con su perro.

Al día siguiente, en la escuela, Rosa nos ignoró a Antonio y a mí. Actuó como si no nos hubiera visto. Antonio pensó que Rosa estaba enojada con nosotros. Seguramente Rosa pensó que le habíamos estado espiando.

Antes de que la clase de ciencias empezara, Rosa se subió al escritorio del maestro. Cantaba y tocaba una guitarra eléctrica imaginaria. Y sus amigos se reían de sus chistes como siempre. El maestro podía entrar en cualquier momento. Rosa podía, otra vez, meterse en problemas. Yo no entendía a Rosa.

Cuando el maestro entró, Rosa se bajó del escritorio. Durante la clase, interrumpió al maestro muchas veces. Habló en voz alta y dijo muchas cosas chistosas. Todos los amigos de Rosa se rieron de sus chistes. Todos menos Antonio y yo. El maestro se enojó con ella y le mandó a la oficina del director.

Antonio y yo buscamos a Rosa en la escuela. No la encontramos por ninguna parte.

—Yo sé donde puede estar. Una vez vi a Rosa subir al campanario —dijo Antonio.

La escuela tenía un campanario sin campana. Era un lugar prohibido. Como era un lugar prohibido, era muy probable que Rosa estuviera ahí. Nosotros no queríamos meternos en problemas pero teníamos que hablar con Rosa.

Subimos al campanario y Rosa estaba ahí. Yo dije:

—Toc toc —pero Rosa no contestó. Entonces Antonio intentó y dijo:

—Toc toc.

—¿Quién es? —contestó Rosa

—El Conde —dijo Antonio.

—¿Qué Conde?

—El que se esconde.

—¡Dios mío, qué mal chiste! —dijo Rosa riendo a carcajadas. Antonio y yo también nos reímos del mal chiste. Antonio estaba rojo de la vergüenza.

Cuando dejamos de reír, yo le expliqué a Rosa:

—No fue nuestra intención oír la pelea que tuviste con tus papás. Solo fuimos a tu casa para darte los papeles que te dio la consejera.

—No son mis papás. Son mis tíos. Siempre hay peleas. Cuando tienen un mal día, nos tratan mal a mí y a mi perro.

—¿Vives con tus tíos? —preguntó Antonio.

—Sí, vivo con mis tíos. No tengo mamá. Mi mamá murió cuando yo era una niña chiquita. Mi papá y yo cruzamos la frontera cuando yo tenía ocho años. Mi papá fue deportado, pero yo me quedé con mis tíos. No me quería quedar con ellos, pero mi papá piensa que es lo mejor para mí. Mi papá vive escondido de las pandillas en El Salvador. No me gusta vivir con mis tíos, pero no quiero vivir escondida como vive mi papá. Tengo miedo de la violencia. Y bueno… ya saben de mi triste vida.

En ese momento entendí que hay personas que se ven muy felices pero en realidad están muy tristes.

—Gracias por querer entregarme los papeles de la consejera. No tengo ganas de hacer nada en las tardes. No tengo ganas de estudiar.

—Rosa, tú dijiste…

—Sí, Antonio, yo sé lo que dije pero...

—Tienes que cumplir tu palabra —dijo Antonio.

—Lo voy a pensar —respondió Rosa y luego en broma dijo: —Ustedes solo me buscan porque quieren que les ayude a estudiar matemáticas.

—NO —dijimos Antonio y yo asustados.

—Yo sé que no es por eso —dijo Rosa riendo —. Volvamos a clase. A ustedes no les gusta faltar a clase.

EL CAMBIO

El viernes Antonio nos buscó a Rosa y a mí. Quería contarnos algo. Había buscado en el internet información sobre los Soñadores. Encontró un grupo que estaba organizando una marcha pacífica. La marcha era en UCLA, la Universidad de California en Los Ángeles. La marcha era en apoyo al DREAM Act de California.

—¡Vamos! —dijo Rosa.

—Bueno, pero… yo nunca he estado en ninguna marcha —dije.

—Yo tampoco —dijo Antonio.

—Yo tampoco —dijo Rosa— pero siempre hay

una primera vez.

—Necesitamos pedir permiso a nuestros papás —dijo Antonio.

—Pidan permiso. Tal vez sus papás quieran venir a nuestra marcha.

Rosa me hizo sonreír. Era lindo imaginarme estar en una marcha, rodeada de Soñadores y junto a mi mamá.

—Mis papás no van a darme permiso para ir a la marcha —dijo Antonio.

Rosa le respondió:

—Sí te van a dar permiso. No pueden decirte que no. Esta marcha es para apoyar un cambio que te va a ayudar. Tienes que convencerles.

Rosa estaba muy emocionada. Ella no necesitaba permiso de sus tíos. A sus tíos no les importaba lo que Rosa hacía. Ella estaba feliz, y decía riendo:

—Me encanta la idea de la marcha. Me gusta la idea de ir por las calles con carteles y gritando: "Sí se puede, sí se puede".

Antonio estaba preocupado y preguntó:

—¿Y si nos deportan a los que estamos marchando?

—Esta no es la primera marcha de los Soñadores. Se han organizado otras marchas. Nadie ha sido deportado por marchar. No tengas miedo —dijo Rosa.

Estábamos hablando de la marcha cuando vi a Nick con Liz Torres. Los dos hablaban y sonreían. Se veían felices juntos. Me dolió el estómago y también me dolió el corazón. ¿Era posible que Nick y Liz fueran novios? Liz siempre quiso volver con él.

Rosa y Antonio vieron mi cara. Sabían cómo me sentía. Rosa me dijo:

—Pobre Nick, nunca va a encontrar a otra como tú.

—No sé si yo pueda encontrar a alguien como él. No sé si pueda olvidarme de Nick. Creo que siempre le voy a querer.

—Eres muy joven —dijo Rosa—. La relación que tenían ustedes era demasiado seria. Es mejor que hayan terminado.

—Terminamos por mi culpa. Yo le mentí a Nick —dije en voz baja y con tristeza.

—Tienes que salir con otros. Hay muchos chicos que quieren salir contigo.

De pronto Antonio habló. Antonio no decía mucho pero a veces decía cosas muy sabias.

—Rosa, Sofía tiene derecho de sentir lo que siente.

Yo pensé: "Tengo derecho de sentir lo que siento". Me gustó entender eso.

***

En la noche, cuando mi mamá volvió del trabajo, hablé con ella. Le conté sobre la marcha. Me dijo que ¡quería venir a la marcha! Entonces empecé a emocionarme más y más.

Al día siguiente, para sorpresa de todos, Rosa se metió al equipo de atletismo y al club de matemáticas. Antonio y yo estábamos felices por Rosa. En pocos días Antonio, Rosa y yo nos hicimos muy amigos. Éramos la familia de Soñadores.

Rosa empezó a pasar mucho tiempo en mi casa. Mi mamá y ella se llevaban muy bien. Mis hermanos también adoraban a Rosa. Mi mamá siempre se reía de sus chistes. De mis amigas, Rosa era su favorita.

Rosa se metía a la cocina, abría la refrigeradora y comía lo que veía. Si otra persona hubiera hecho eso, a mi mamá le habría parecido mal. Como adoraba a Rosa, mi mamá decía riendo: "Esta Rosa es una loca. Se come todo lo que ve".

Yo estaba feliz de tener a mi amiga en mi casa todo el tiempo. Un día mi mamá me preguntó:

—Oye, Rosa pasa mucho tiempo aquí. ¿Y sus papás no la extrañan?

—Vive con sus tíos. Ella dice que no les importa. Dice que le tratan mal.

Mi mamá no me dijo nada, pero yo sé que se preocupaba por Rosa.

Poco a poco, mi casa se convirtió en el lugar de reunión. Ahí Rosa nos ayudaba con matemáticas a Natalie, a Antonio, a mí... y también a Sergio y a Vincent, que eran buenos amigos de Antonio. Rosa era la tutora. ¡Y era una excelente tutora!

Mi vida "perfecta" cambió mucho. Mi casa no era ni la más grande ni la más bonita. Antes no me gustaba invitar amigos a mi casa. Sentía vergüenza de mi casa. Ahora yo estaba feliz de recibir amigos. Antes mi círculo de amigos eran los populares de la escuela y mientras más amigos mejor. Ahora me gustaba tener solo buenos amigos. Tal vez mi vida ahora era mejor que mi vida "perfecta" de antes.

ANTES DE LA MARCHA

El día de la marcha era un domingo. Entonces, el sábado nos reunimos en mi casa Rosa, Antonio, Natalie y yo para hacer carteles. Hicimos cuatro carteles que decían:

NUESTRO SUEÑO NO ES ILEGAL

SOMOS SOÑADORES, NO CRIMINALES

EDUCACIÓN SÍ, DEPORTACIÓN NO

IGUALDAD PARA LOS SOÑADORES

Este era el plan:

Los papás de Natalie venían a la marcha con nosotros. Ellos iban a manejar. Tenían un auto grande. Nos llevaban a mí, a mis amigos y a mi mamá.

El domingo, estábamos todos en el auto, solo teníamos que pasar por Rosa. Cuando llegamos a la casa de Rosa, toqué la puerta. La tía de Rosa abrió la puerta y me dijo que Rosa no estaba. Eso no tenía sentido.

—¿Sabe dónde puede estar? —le pregunté a la tía.

—Siempre se va a caminar con su perro al parque.

Fui al parque cerca de su casa. Ahí estaba Rosa, sentada debajo de un árbol con su perro.

—¡Rosa! —le llamé, pero ella no me contestó. Me acerqué y vi que estaba triste y enojada. Le dije:

—Rosa, te estamos esperando.

—No voy a ir —cuando me dijo esto, me dolió el estómago.

—¿Por qué no?

—No tengo ganas.

—Rosa, no podemos ir a la marcha sin ti.

—No voy. Y de aquí, nadie me mueve.

—¿Por qué?

—Porque no tengo ganas.

Yo sabía que yo no podía convencerle. Caminé al auto y les conté a todos que Rosa no quería venir. Antonio dijo:

—Rosa se pone mal cuando se pelea con sus tíos. Seguramente fue una pelea grande.

Entonces mi mamá dijo:

—Rosa viene y punto. Espérenme.

Mi mamá fue caminando al parque. Después de unos minutos vimos a mi mamá con Rosa y el perro. Venían al auto.

—¿Podemos llevar al perro? —les preguntó mi mamá a los papás de Natalie. Cuando dijeron que sí, Rosa y el perro se subieron al auto. Rosa ya no estaba triste ni enojada. Ahora estaba sonriendo.

—Hola, les traje a un amigo, se llama Emi —dijo Rosa mirando con amor a su perro. Era un pitbull viejo—. Emi es una bolsa de pulgas. Espero que no les piquen mucho —dijo Rosa riendo. Los papás de Natalie no querían pulgas en su auto. No les pareció un buen chiste. Todos los demás nos reímos. Conocíamos a Rosa y conocíamos sus chistes.

"¿Qué le dijo mi mamá para convencerle?", pensé.

LA MARCHA

Ir a la marcha fue una experiencia que no voy a olvidar nunca. Obviamente, estaban muchos Soñadores como nosotros. También estaban los familiares de los Soñadores, como mi mamá. Y también estaban aliados de los Soñadores, como Natalie y sus papás. Estaban otros aliados como líderes religiosos y maestros. Niños, jóvenes y viejos estábamos marchando. Y además había mascotas como el perro de Rosa.

Algunos Soñadores activistas hablaban por un megáfono. Decían, por ejemplo: ¡EL PUEBLO VIVE, LA LUCHA SIGUE! ¡ARRIBA LA LIBERACIÓN, ABAJO LA DEPORTACIÓN! ¡VAMOS A GANAR!

Luego diferentes Soñadores, hablaron por un micrófono. Ellos contaban sus historias. Contaban cómo llegaron a los Estados Unidos, cuántos años tenían, de qué país les trajeron. Algunos, como yo, siempre supieron que no tenían papeles. Otros descubrieron la verdad en su último año de escuela, como Antonio. Todos sentían que eran de Estados Unidos. Muchos Soñadores nacieron en México, pero, en la marcha, había Soñadores que nacieron en Brasil, Argentina, Jamaica, Corea del Sur, y en muchos otros países más.

Los Soñadores dijeron muchas cosas que me impactaron. Uno dijo: "Un papel no me define. Un número de seguro social no define quién soy. Una ley no me define." Otra dijo: "Este es un país de inmigrantes. Las personas blancas también son inmigrantes, vinieron de países como Irlanda, Alemania, Italia, Rusia, etc.".

Durante la marcha, me sentí rodeada de personas como yo. Y sentí que esas personas no me juzgaban. Esas personas me entendían. Esas personas me aceptaban. Esas personas estaban conmigo para luchar por mis derechos. Porque soy un ser humano y tengo derechos. Tengo el derecho de estudiar. Sentía orgullo de ser parte de los Soñadores. Sentía orgullo de estar en la marcha.

Yo pensaba: "tengo derechos". La marcha me llenó de poder. Pensé en Nick. Sentí que ya no quería volver con él. Nunca más quería estar con alguien que no me aceptara. Me dije a mí misma: "Las personas que yo invito a mi vida tienen que aceptarme. Tienen que aceptarme con papeles o sin papeles. Nunca más voy a mentir para que me acepten". Pensé que mi relación con Nick fue un error.

Estaba pensando esto cuando ¡vi a Nick en la marcha! Estaba con su hermana Margie. Tenían un letrero que decía NINGÚN SER HUMANO ES ILEGAL. Natalie corrió donde ellos. Les pidió que marcharan con nuestro grupo. Nick se acercó a mí. Por primera vez en mucho tiempo nos vimos a los ojos. Nos dimos un gran abrazo. No hablamos. Nick marchó a mi lado. Margie me dio un abrazo también. Fue un momento muy especial. Nick y Margie me aceptaban. Eran mis aliados. Nick y Margie eran aliados de los Soñadores.

***

En el camino de regreso todos estábamos felices. Hablamos de las cosas que vimos, las cosas que oímos, las cosas que sentimos y las cosas que aprendimos. Yo sabía exactamente lo que Antonio sentía. Antes de la marcha, él y yo sentíamos vergüenza porque no teníamos papeles. Después de la marcha ya no sentíamos vergüenza. Después de la marcha teníamos muchas ganas de exigir nuestros derechos.

Como siempre, era difícil saber lo que Rosa sentía. En el camino de regreso Rosa no habló. Estaba callada mirando por la ventana. Su perro, cansado, dormía a sus pies. Me preguntaba: "¿Qué está pensando mi amiga?"

Natalie estaba sentada a mi lado. Le pregunté:
—¿Fue tu idea?

—¿Invitar a Nick a la marcha? —preguntó Natalie—. Me gustaría decir que sí pero no hablé con Nick.

—Él no tiene amigos indocumentados. ¿Cómo supo de la marcha? —le pregunté a Natalie. Antonio me contestó:

—Nick es tu amigo y es mi amigo. Yo le invité a la marcha. También le hablé sobre nosotros, los Soñadores.

Recordé que Antonio y Nick estaban en la misma clase de karate.

—Pobre Nick —dijo Antonio—, siempre triste

desde que terminó contigo.

***

Esa noche Rosa se quedó a dormir en mi casa. Le pregunté a mi mamá ¿cómo le convenció a Rosa para que viniera a la marcha? Mi mamá me contó que, cuando le vio sentada con su perro, le dijo:

—Si tú no vienes a la marcha, nosotros tampoco vamos.

—No me importa —contestó Rosa.

—Pero si vienes, te puedes quedar a vivir en mi casa para siempre.

Cuando oyó esto, cambió de cara y preguntó:

—¿Para siempre? ¿No tengo que vivir con mis tíos?

—Para siempre. No tienes que vivir con tus tíos.

Entonces Rosa sonrió y dijo: —Perfecto.

Empezaron a caminar al auto y luego ella dijo:

—No puedo. No puedo ir a vivir a su casa sin Emiliano Zapata[4].

---

[4] Emiliano Zapata: Mexican Revolution Leader 1879–1919

—¿Sin quién? ¿Emiliano Zapata? ¿Qué?

—Mi perro se llama Emiliano Zapata —dijo Rosa riendo —le decimos Emi.

—No pensé invitar a tu perro… pero tu perro también puede vivir en mi casa.

Desde entonces Rosa empezó a vivir en nuestra casa y Emiliano Zapata también.

DESPUÉS DE LA MARCHA

Cuando Rosa se mudó a nuestra casa, estábamos un poco apretados. Estábamos apretados pero era muy divertido. Y, como dice mi mamá: "Donde comen dos, comen tres".

Después de la marcha, Rosa cambió mucho. Siguió siendo la payasa de la clase pero ahora ponía atención en la escuela y respetaba a los maestros. Todos estábamos felices con el cambio de Rosa.

La consejera nos dijo que, para que nos aceptaran en una buena universidad, era importante participar en actividades. Antonio y yo siempre participábamos en actividades.

Después de participar en el club de matemáticas y en el equipo de atletismo, Rosa tuvo una idea brillante. Ella organizó un programa en la escuela: Los estudiantes que eran muy buenos para matemáticas ayudaban a estudiar a estudiantes como yo, estudiantes que tienen dificultad con las matemáticas. El programa se hizo muy popular. Luego otros voluntarios se unieron al programa. Una de las voluntarias era Margie, la hermana de Nick.

¿Qué pasó entre Nick y yo? Después de la marcha, Nick y yo hablamos. Yo ya entendía por qué nunca le dije a Nick que no tenía papeles. Pude explicarle. Él escuchó en silencio todo lo que yo dije. Me entendió y me perdonó. Él y yo queríamos seguir juntos. Volvimos a ser novios pero nuestra relación era diferente. Yo había cambiado mucho. Las fiestas y los amigos que teníamos antes ya no eran importantes para mí. Ya no estudiábamos matemáticas con Margie porque tenía a Rosa, mi nueva tutora, en casa. Sabíamos que era difícil ir a la misma universidad. Esa ya no era nuestra meta. No se perdió el amor pero la relación cambió.

En mayo nos graduamos de nuestro último año de secundaria y el DREAM Act de California no se aprobó. Rosa, Antonio y yo habíamos aplicado a diferentes universidades en California. Algunas universidades nos mandaron su carta de aceptación. No aceptamos porque no podíamos pagar.

A Natalie la aceptaron en la Universidad de California en Berkeley. Nick fue aceptado en el Instituto de Tecnología en Massachusetts.

***

El 25 de julio del 2011, el gobernador aprobó el DREAM Act de California. Los Soñadores estábamos esperando esta noticia. Y esa tarde los amigos nos juntamos en mi casa. Nos abrazamos y saltamos. Rosa odiaba los abrazos. En medio de la emoción, por accidente, alguien empujó a Rosa al centro del grupo. Y por accidente, le dimos un gran abrazo grupal. Ella reía sin parar y se quedó abrazada de Antonio y Natalie por mucho tiempo. El viejo Emiliano Zapata lentamente se unió al grupo y se sentó a mis pies.

Aplicamos a las universidades otra vez. Mientras esperábamos una respuesta de las universidades, Rosa empezó a dar clases de matemáticas como tutora. Era tutora de niños y adolescentes. Antonio trabajaba en el negocio de sus padres. Yo trabajaba como mesera. Los tres tomábamos un par de clases en la universidad comunitaria, no queríamos dejar de estudiar.

Cuando se aprobó el DREAM Act de California, se cumplieron nuestros sueños. Rosa estudió matemáticas e informática en Stanford. Antonio estudió biología marina en la Universidad de California en Santa Cruz. Y yo estudié enfermería en UCLA. Teníamos suerte. California tiene excelentes universidades. Y lo mejor era que mis mejores amigos, todos, estaban estudiando en California. No estábamos tan lejos. El único que no estaba en California era Nick. Siempre estamos en contacto. Tal vez no seamos novios siempre, pero siempre seremos amigos.

El 15 de junio del 2012 el gobierno de Estados Unidos aprobó DACA[5], una política de inmigración para dar residencia temporal y permiso de trabajo a los Soñadores en Estados Unidos. DACA no es un camino para conseguir la ciudadanía, pero nos permite trabajar y vivir legalmente.

Aproximadamente 74% de las personas en Estados Unidos piensan que los Soñadores

---

5 DACA: Deferred Action for Childhood Arrivals

deberíamos vivir legalmente en el país. Pero desde que DACA se aprobó, muchos políticos han tratado de cancelar este programa.

Desde que acepté que soy una Soñadora, estoy en contacto con grupos activistas. Entiendo cómo las leyes pueden cambiar mi vida, la vida de mi familia, las vidas de otros Soñadores y las vidas de otros inmigrantes sin papeles, como yo.

Los Soñadores seguimos luchando por nuestros derechos.

FIN

Vocabulario en el contexto de la historia

abogado lawyer
abrazada hugged
abrazamos: nos abrazamos we hugged each other
abrazo(s) hug(s)
abría opened, would open
abrió s/he opened
abuelos grandparents
acceso access
accidente accident
aceptaban: me aceptaban (they) accepted me
aceptación acceptance
aceptado accepted
aceptamos we accepted
aceptarme accept me
aceptara: alguien que no me aceptara someone who didn't accept me
  para que nos aceptaran for us to be accepted
aceptaron: le aceptaron (s/he) was accepted
acepte: nos acepte accept us
  me acepte accept me
acepté: desde que acepté since I accepted
acepten: me acepten accept me
  nos acepten accept us
acercó: se acercó s/he approached
acerqué: me acerqué I approached
actitud attitude

actividades activities
activistas activists
actuó s/he acted
adelante: salir adelante move forward
además also
adivina: ¿adivina qué? guess what?
adolescentes teenagers
adoraba s/he adored
adoraban they adored
agricultura agriculture
ahí there
  ahí estás there you are
ahora now, these days
al to the, the
alejó: se alejó s/he walked away
Alemania Germany
algo something
alguien someone
algún: algún día someday
algunas, algunos some
aliados allies
alta high
americano: sueño americano American Dream
amiga(s) female friend(s)
amigo male friend
amigos friends
amistad friendship
amor love
añadió added

ánimo: levantando el ánimo
lifting my mood, giving me
courage

año(s) year(s)

antes before

apesta stinks

aplicado applied

aplicamos we applied

apoyar to support

apoyo support

aprendimos we learned

apretados crowded

aprobar to approve

aprobara: si esta ley se aprobara
if this legislation was passed

aprobó (s/he) approved
se aprobó was approved

aproximadamente approximately

aprueba: se aprueba is approved

aprueban: se aprueban are
approved

apruebe: se apruebe it will pass, it
will be approved

aquí here

árbol tree

arregló: se arregló su pelo morado
(s/he) styled her purple hair

**Arriba: ¡Arriba la liberación,
abajo la deportación!** Up with
liberation, down with
deportation!

así like that
así son las leyes the laws are
like that

asustados freaked out

atención: poner atención pay
attention

atletas athletes

atletismo athletics

equipo de atletismo: track and
field team

atormentar torment

atrevimos: no nos atrevimos we
didn't dare

aunque even if

avanzada: clase avanzada
advanced class, AP class

ayuda help

ayudaba helped

ayudaban (they) helped

ayudándome helping me

ayudar to help

ayudaría: nos ayudaría will help us

ayudas (you) help

ayude: quieren que les ayude you
want me to help you

ayuden: les ayuden help them

ayudo: yo les ayudo I help them

azul blue

baja: voz baja low voice

bajó: bajó la mirada (s/he) looked
down
se bajó del escritorio s/he got
off from the desk

baño(s) bathroom(s)

becas scholarships

biología: biología marina Marine
Biology

blancas: personas blancas white
people

bolsa bag

bonita pretty

Brasil Brazil

brillante brillant

broma joke

bromeando joking

buen, buena(s), buenos good

buscado: había buscado had looked
for
buscamos (we) looked for
buscan (they) look for
buscar to look for
buscó (s/he) looked for
busqué: les busqué I looked for
them
cabeza head
cada each
calificaciones grades
callada quiet, silent
calles streets
cambiado: yo había cambiado I
had changed
cambiar to change
cambien: cambien de cara change
those faces
cambio change
cambió (s/he) changed
caminamos (we) walked
caminando walking
caminar to walk
caminé I walked
camino way, road
campana bell
campanario bell tower
cancelar cancel
canceló cancelled
cansada, cansado tired
cantaba s/he sang
cara face
carcajada(s) laugh(s)
carta letter
carteles signs, banners
casa house
casi almost
caso(s) case(s)
castigando punishing

centro center, middle
cerca close
cerramos we closed
chica girl,
chico(s) boy(s)
chiquita little
chiste(s) joke(s)
chistosa funny (female)
chistosas, chistoso funny
cielo sky
ciencias science
círculo circle
cita appointment
ciudadana citizen (female)
ciudadanía citizenship
ciudadano citizen (male)
ciudadanos citizens
clase(s) class(es)
    faltaba a clase skipped class
    faltan a clase (they) skip class
    faltar a clase to skip class
    faltaron a clase (you guys)
    skipped class
club(es) club(s)
cocina kitchen
come: se come (she) eats
comen (they) eat
cometen: cometen delitos (they)
commit offenses
cometido: han cometido have
committed crimes
comía (she) ate
como: like, as, how
    pensar como escapar to think
how to escape
    como si as if
cómo how?, how
    ¿cómo estás? how are you?
compañeros classmates

común common
**comunitaria: universidad
comunitaria** community
college
con with
conde count
condición condition
confundido confused
conmigo with me
conocemos (we) know
conocíamos (we) knew
conozco: no conozco Filipinas I
don't know the Philippines
conseguí I got
conseguir to get
conseguir la ciudadanía to gain
citizenship
consejera counselor (female)
construcción construction industry
contaban (they) told
contacto: en contacto in touch
contado: he contado have told
contar to tell
contarles to tell you guys
contarnos to tell us
conté (I) told
contestado replied
contestar to reply
contesté (I) replied
contestó s/he replied
contigo with you
continuó continued
contó s/he told
contradicciones contradictions
convencerle to convince her/him
convencerles to convince them
convencido convinced
convenció s/he convinced
conversación talk

conversamos (we) talked
conversando talking
convirtió: se convirtió (it) became
corazón heart
Corea: Corea del Sur South Corea
correcto: lo correcto the right thing
correr to run
corrió (s/he) run
Corte: Corte Suprema Supreme
Court
cosas things
costar: costar mucho dinero to cost
a great deal of money
crecí (I) grew up
crecimos (we) grew up
creciste you grew up
creer believe
¡No lo podía creer! I couldn't
believe it!
creo (I) believe, think
criminales criminals
cruzamos (we) crossed
cruzaron (they) crossed
cuál which
cualquier any
cuando when
cuándo when?
cuánto: ¿por cuánto tiempo? For
how long?
cuántos: cuántos años how old
cuarto room
cuenta: me doy cuenta (I) realize
dan cuenta (they) realize
cuento: te cuento otro rato I'll tell
you some other time
cuidarnos take care of us
culpa: ¡No tenemos la culpa! It's
not our fault

cumplieron: se cumplieron nuestros sueños our dreams were fulfilled

cumplir: cumplir tu palabra keep your word

curiosa curious (female)

curiosidad curiosity

dado: nos había dado had given us

dar to give

    dar clases teach

darme: darme permiso allow me

darte give you

das: ¿te das cuenta? Do you realize?

de of

debajo under

debe: debe haber there must be

debemos (we) should

deben (they) should

deberíamos (we) should

debíamos (we) should

decepción disappointment

decepcionado disappointed

decepcionados (they are) disappointed

decía (s/he) said

decían (they) said

decimos: le decimos (we) call (her/him)

decir to say

decirte tell you

define define

dejaba: no dejaba de mirar he didn't stop looking

dejamos: cuando dejamos de reír when we cease to laugh

dejar to stop

dejaron: no me dejaron (you guys) didn't let me

del of the

delitos felonies

demás: todos los demás all the others

demasiado: demasiado seria too serious

demoró took a long time

dependas (you) depend

dependen (they) depend

deportación deportation

deportado(s) deported

deportan deport

deportar to deport

derecho(s) right(s)

descansar to rest

descubrieron discovered

desde since

después after

destruyendo destroying

detrás behind

di: me di cuenta I realized

día(s) day(s)

dice (s/he) says

    se dice the right way to say it is

diferente(s) different

difícil(es) difficult

dificultad difficulty

dije (I) said

dijeron (they) said

dijimos (we) said

dijiste (you) said

dijo (s/he) said

dime tell me

dimos: nos dimos we gave each other

    le dimos we gave her/him

dinero money

dio gave

dio un portazo slammed the door

Dios: ¡Dios mío! My God!

director principal

distancia distance

divertíamos: nos divertíamos we had a lot of fun

divertido fun

dolía: me dolía el estómago I had a stomachache

dolió: me dolió el estómago I had a stomachache

    me dolió el corazón I had a heartache

domingo Sunday

donde where

    fuimos donde we went to

    donde comen dos, comen tres where two eat, three can eat, there's always room for one more.

dónde where?

dormía slept

dormir to sleep

doy: me doy cuenta I realize

durante during

duro hard

e and

educación: educación física Physical Education, PE

    Educación sí, deportación no Yes to education, no to deportation

ejemplo: por ejemplo for example

el the

él he

eléctrica: guitarra eléctrica electric guitar

ella her / she

ellos they

emoción excitement

emocionada excited (female)

emocionarme get excited

empecé (I) started

empezado: había empezado had started

empezar to start, begin

empezaron (they) started, began

empezó s/he started, began

empiezan (they)are beginning to

empezara: antes de que la clase empezara before the class started

empleados employees

empujó pushed

en in

enamorados in love

encanta: me encanta I love

encerrada locked

encerré: me encerré locked myself

encontramos we found

encontrar to find

encontraron (they) found

encontró (s/he) found

encuentran they find

enferma sick

enfermería nurse office

enojada, enojado, enojados mad

enojo anger

enojó: se enojó got mad

enseñado: me han enseñado they had taught me

entender to understand

entendí (I) understood

entendía (I) understood

entendían (they) understood

entendió (s/he) understood

entiende: te entiende understands you

entiendes: ¿me entiendes? Do you understand me?

entiendo (I) understand

entonces then, in that case, so

    desde entonces since then

entramos (we) got in

entrar get in

    entrar al club join the club

entre between

entres: que entres a sus clubes that you join their clubs

entregarle give (her)

entregarme give (me)

entrenas (you) train

entró (s/he) got in

equipo(s) team(s)

era was

éramos (we) were

eran (they) were

eres (you) are

error mistake

es is

esa, ese that

esa(s) those

escapando escaping

escapar to escape

esconde (s/he) hides

esconderme (I) hide

escondida: vivir escondida live hidden

escondido: vive escondido lives hidden

escritorio desk

escuchaba (I) listened

escuchó (s/he) listened

escuela school

esforzaba: me esforzaba: I made big efforts

esforzarme (I) work hard, make big efforts

esforzarnos (we) work hard, make big efforts

esforzarse (they) work hard, make big efforts

esfuerzo effort

eso that

    por eso that's why

esos those

español Spanish

especial special

espejo mirror

esperaba expected

esperábamos (we) waited

esperan: ¿cómo esperan? How do they expect?

esperando waiting

esperanza hope

espérenme wait for me

espero (I) hope, wait

esperó (s/he waited)

espiando spying

esta this

está is

estaba was

estábamos (we) were

estaban (they) were

estado state, been

    habíamos estado have been

    he estado have been

Estados: Estados Unidos United Stated

estamos (we) are

están (they) are

estar to be

estas these

estás (you) are
este, esto this
estómago stomach
estos these
estoy (I) am
estudiaba studied
estudiábamos (we) studied
estudian (they) study
estudiando studying
estudiante(s) student(s)
estudiar to study
estudié (I) studied
estudió (s/he) studied
estudios: estudios sociales Social
Studies
estuviera was
exactamente exactly
exámen(es) test(s)
excelente, excelentes excellent
exigir to demand
existe (it) exists
existieran: no existieran didn't
    exist
experiencia experience
experta expert
explicándome explaining me
explicar to explain
explicarle explain (to him)
explicarles explain (to them)
explicarnos explain (to us)
expliqué (I) explained
extrañaba (I) missed
extrañan: ¿no la extrañan? Don't
    they miss her?
extranjera foreign
extranjeros foreigners
extraño (I) miss
fácil easy
falso(s) fake

papeles falsos fake documents
faltaba: faltaba a clases skipped
    class
faltan: faltan a clase (they) skip
    class
faltar: faltar a clase to skip class
faltaron: faltaron a clase (you
    guys) skipped class
familia(s) family(ies)
familiares relatives
famosas famous
fantasma ghost
favor: por favor please
favorita favorite
federal: gobierno federal federal
    government
felices, feliz happy
fiestas parties
finalmente finally
financiera financial
física: educación física Physical
    Education, PE
forma way
frontera border
fue was
fuera outside, was,
    si fuera tan fácil if it was so
    easy
fueran were
fui went, was
fuimos (we) went
futuro future
ganan: ganan becas (they) win
    scholarships
ganar win, earn
ganas desire
    no tengo ganas I don't feel like
generalmente generally
gente people

gesto gesture

gobernador governor

gobierno government

golpeó: golpeó la puerta (s/he) knocked on the door

gracias thank you

graduamos: nos graduamos we graduated

gradúe I graduated

gran, grande(s) big, great

gritando yelling

gritos yelling, screaming

grupal: abrazo grupal group hug

grupo(s) group(s)

guitarra guitar

gusta like

gustaba: me gustaba I liked

gustaban: no me gustaban I didn't like

gustaría: me gustaría I would like

gustó: me gustó I liked

ha: ha sido had been

había had, there was

habíamos (we) had
habíamos estado (we) had been

habían (they) had

hablaba talked

hablaban (they) talked

hablábamos talked

hablamos (we) talked

hablando talking

hablar to talk, to char

hablaron (they) talked

hablaste (you) talked

hablé (I) talked
le hablé (I) talked to (her/him)

habló (s/he) talked

hace: la gente te hace sentir people make you feel

hacemos (we) make

hacen (they) make

hacer to do, to make

hacerse: pueden hacerse ciudadanos (they) can become citizens

haces (you) do, (you) make

hacía (she) did

hacia toward

hago (I) do

han have ben
se han organizado otras marchas other marches have been organized
han tratado (they) have tried
me han llevado (they) have taken me
han sido fáciles (they) have been easy

hasta until

hay there is, there are

hayan: hayan terminado broke up

he (I) have

hecho: hubiera hecho had done

hemos (we) have been

hermana sister

hermano brother

hermanos brothers, siblings

hermoso beautiful

hice (I) made

hicieron (they) made

hicimos (we) made
nos hicimos muy amigos we became very good friends

hijos children

historias stories

hizo: se hizo (it) became
me hizo (it) made me

hola hello

horas hours
horrible horrible
hoy today
hubiera would have
habría: le habría parecido (s/he) would have thought (it was)
humano: ser humano human being
iba was going to
iban were going to
idea idea
iglesia church
ignoró (s/he) ignored
igual same
Igualdad: Igualdad para los Soñadores Equality for the Dreamers
ilegal(es) ilegal(s)
imaginaria imaginary
imaginarme to imagine
imagino (I) imagine
impactaron impacted
importa: no me importa it doesn't matter to me
¿qué te importa? What does it matter to you? What do you care?
importaba: no les importaba they didn't care
me importaba it matter to me
importantes important
imposible imposible
impuestos taxes
incluso even
increíble incredible
indocumentada(s), indocumentado(s) undocumented
industrias industries
información information

informática Computer Science
inmigración immigration
inmigrantes immigrants
insistió insisted
instinto instinct, feeling
instituto institute
intención intention
intentó (s/he) tried
interesaba interested
interesados interested
interrumpiendo interrupting
interrumpiera (s/he) interrupted
interrumpió (s/he) interrupted
interrupción interruption
inventaron invented
invitar to invite
invité (I) invited
invito (I) invite
ir to go
Irlanda Ireland
irnos (us) go
Italia Italy
joven young
jóvenes young people
juego game
julio July
junio June
juntamos: nos juntamos we got together
juntaríamos: nos juntaríamos con we were going to get together
juntas, junto(s) together
justo just
juzgaban (they) judged
la(s) the
lado: a mi lado by my side
le her, him
legal(es) legal
legalmente legally

lejos far
lentamente slowly
les them
letrero sign
levantando: levantando el ánimo lifting my spirit
levantó: levantó la mirada (s/he) looked up
ley(es) law(s)
liberación liberation
licencia: licencia de manejo driver's license
líderes leaders
lindo nice
lo it, him
loca crazy
logran (they) manage to
los them
lucha fight
luchando fighting
luchar to fight
luego then afterward
lugar(es) place(s)
lunes Monday
llama: se llama her/his/its name is
llamen (they) call
llegamos (we) arrived
llegaron (they) arrived
lleno filled
llenó: me llenó filled me
llevaban: nos llevaban (they) took us
se llevaban muy bien they got along very well
llevar to take
llevó (it) took
llorar to cry
maestra, maestro(s) teacher(s)
mal, mala, malo, malas bad

malentendido misunderstanding
mamá mom
mañana morning
manda (s/he) sends
mandaron (they) sent
mandó (s/he) sent
manejar to drive
manejo: licencia de manejo driver's license
mantener: mantener distancia keep a distance
mantenía: mantenía distancia kept a distance
marcha(s) march(es)
marchando marching
marchar to march
marcharan: les pidió que marcharan she asked them to march
marchó (s/he) marched
marina: biología marina marine biology
más more
mascotas pets
matemáticas math
mayo May
mayor: hermana mayor older sister
mayoría majority
me me, myself
medio middle
megáfono megaphone
mejor(es) better
menor(es) hermanos menores younger brothers, younger siblings
menos: todos menos Antonio everyone except Antonio
mente mind
mentí (I) lied

mentir to lie

mentira lie

mentirosa lier

mesa table

mesera waitress

meta goal

metamos: metamos en problemas (we) get into trouble

mete: se mete en problemas (s/he) gets herself/himself into trouble

meterme: meterme en problemas get myself into trouble

meternos: meternos en problemas get ourselves into trouble

meterse: meterse en problemas getting herself/himself into trouble

metí: me metí al baño I got in the bathroom

metía: se metía en problemas she got herself into trouble

    me metía en problemas I got myself into trouble

    se metía a la cocina (s/he) would get in the kitchen

metió: se metió al equipo (s/he) joined the team

mi my

mí myself

micrófono microphone

miedo fear

    no tengas miedo don't be scared

mientras while

mil thousand

mintieron (they) lied

minutos minutes

mio: ¡Dios mio! My God!

mira (you) look

mirada: levantó la mirada (s/he) looked up

    la mirada en el piso with the eyes on the ground

    bajó la mirada (s/he) looked down

miramos: nos miramos we looked at each other

mirando looking

mirar to look

miré (I) looked

miró (s/he) looked

mis my

misma, mismo same

    mí misma myself

momento moment

morado purple

motivos reasons

movimiento movement

mucha(s) mucho(s) many, a lot

mudó: se mudó (s/he) moved in

mueve: de aquí, nadie me mueve nobody will move me from here

mujer woman

mundo world

murió (s/he) died

muy very

nací (I) was born

nacieron (they) were born

nació (s/he) was born

nada nothing

    no tenemos tiempo para nada we have no time at all

    no tengo ganas de hacer nada I don't feel like doing anything

nadie nobody, anyone, anybody

    y de aquí, nadie me mueve nobody will move me from here

nauseas nausea

nazcan: aunque nazcan even if they were born

necesitaba (s/he) needed

necesitamos (we) need

necesitaríamos (we) would need

necesitas (you) need

necesito (I) need

negocio business

ni neither, nor, or

niña girl

ningún, ninguna no, neither, any

> **Ningún ser humano es ilegal** No human being is illegal

niño boy

niños children, boys

noche night

nombre name

normal(es) normal

nos us, ourselves

nosotros us, we

noticia(s) news

novio boyfriend

novios boyfriend and girlfriend, a couple

nuestra, nuestro our, ours

> **Nuestro sueño no es ilegal** Our dream is not illegal

nueva new

número number

nunca never

obviamente obviously

obvio obvious

ocurrió: se me ocurrió it occurred to me

odiaba hated

oficina office

oían: se oían gritos yelling could be heard

oímos (we) heard

oír to hear

ojos eyes

olvidar to forget

olvidarme forget

olvidaste (you) forgot

olvidé (I) forgot

oportunidades opportunities

organizado organized

organizando organizing

organizó (s/he) organized

orgullo pride

orgulloso proud

otra(s), otro(s) other(s)

oye (you) listen

oyó (s/he) heard

pacífica pacifist

padres parents

paga (s/he) pays

> **poca paga** low pay

pagados: mal pagados low paid

pagan (they) pay

pagando paying

pagar to pay

países country(ies)

palabra(s) word(s)

pálida, pálido pale

pandillas gangs

papá(s) parents

papele(s) papers, documents

par: un par a couple

para for

paramos (we) stopped

parar to stop

parece (it) looks like

parecido: le hubiera parecido (s/he) would have considered

pareció: no le pareció (s/he) didn't think

pareja couple

paró: nos paró we were stopped
parque park
parte part
participábamos (we) participated
participar to participate
participara: quería que ella
participara want her to participate
pasa: pasa mucho tiempo (s/he)
spends a lot of time
pasaba (s/he) spent
pasar to spend
pasó (it) happened
payasa clown (female)
paz peace
pedimos (we) asked
pedir to ask
pelea(s) fights
peleé (I) fought
pelo hair
pensaba (I) thought
lo que ella pensaba what she
was thinking
pensaban (they) thought
pensamos (we) thought
pensando thinking
pensar to think
pensé (I) thought
pensó (s/he) thought
perder to loose
perdió lost
perdón: perdón por la
interrupción sorry for the
interruption
perdonar to forgive
perdonaría (s/he) would forgive me
perdonarme: empecé a
perdonarme a mí misma I
began to forgive myself
perdonó (s/he) forgave me

perfecta, perfecto perfect
perfectamente perfectly
permiso permission
permite (it) allow
permitió (it) allowed
pero but
perro dog
persona(s) person(s) people
personalidades personalities
pesada annoying
pidan (you guys) ask for
piden (they) ask
pidió (s/he) asked
piensa (s/he) thinks
piensan (they) think
piense (s/he) would think
pierden (you) loose
pies feet
piquen (they) bite
piso floor
plan(es) plan(s)
pobre poor
pobreza poverty
poca(s), poco(s) a few
pudiéramos (we) could
podemos (we) can
poder power, could
podía could
podíamos (we) could
podría (I) could
podríamos (we) could
podrían (they) could
policía(s) police, police officer(s)
política policy
políticos politicians
pone: me pone triste it makes me
sad
se pone mal it upsets her

ponen: ponen atención (they) pay attention

poner: poner atención to pay attention

ponía: ponía atención (s/he) was paying attention

popular popular

populares popular ones

por for

porque because

portazo: dio un portazo slammed the door

posibilidad(es) possibility(ies)

posible possible

posiblemente possibly

potencial potential

prefería (I) preferred

preguntaba (I) asked

preguntamos (we) asked

preguntarle ask (her/him)

preguntas questions

pregunté (I) asked

preguntó (s/he) asked

para for

preocupaba: me preocupaba it worried me

se preocupaba (s/he) worried

preocupación worry, concern

preocupada, preocupado worried

preocuparse worry

préstamos loans

primer, primera, primero first

privado private

probable probable

problemas problems

profesión career

profesional profesional

profundo deep

programa program

prohibido forbidden

pronto soon

de pronto all of a sudden

propia own

propuesta proposal

protegerte protect you

protegió (it) protected

próxima next

pude (I) could

pueblo town, people

¡El pueblo vive, la lucha sigue! The people live, the fight continues!

pueda (I) could, can

puede (s/he) could

pueden (they) could

puedes (you) could

puedo (I) could

puerta door

pulgas flees

punto period

pusimos: pusimos atención (we) payed attention

puso: se puso rojo blushed

se puso triste got sad

que that

qué what

quedamos (we) stayed

quedar to stay

quedaron (they) stayed

quedé stayed

me quedé en silencio I remained silent

me quedé en shock I was in shock

quedó: se quedó en silencio (s/he) stayed silent

se quedó en shock (s/he) was shocked

se quedó a dormir stayed
overnight
se quedó abrazada kept
hugging
querer to want, to love
quería (s/he) wanted
queríamos (we) wanted
querían (they) wanted
quien who whom
   ¿quién es? Who is it?
¿quiénes? who?
quieran (they) would want
quiere (s/he) wants
quieren (they) want
quiero (I) want
quisiera (s/he) would want
quiso (s/he) wanted
rápida, rápido fast
rapidísima very fast
rara: rara vez rarely
raro weird
rato while
   otro rato another time
   pasar un rato hang out
   un rato más a while longer
realidad reality
realmente really, actually
recibir to receive
recordaba (I) remembered
recordé (I) remembered
recreo recess
recuerdo (I) remember
recuerdos memories
refrigeradora refrigerator
reglas rules
regreso: camino de regreso on the
   way back
reía (s/he) laughed
reían (they) laughed

reímos (we) laughed
reina queen, beauty queen
reír to laugh
relación(es) relationship(s)
religiosos religious
repetían (they) repeated
repitió (s/he) repeated
requisitos requirements
residencia residency
residentes residents
respetaba (s/he) respected
respetar to respect
respiré: respiré profundo I took a
deep breath
responder reply
respondió (s/he) replied
respuesta answer
restaurantes restaurant
reunimos: nos reunimos got
   together
reunión gathering
ridículas, ridículo ridiculous
riendo laughing
rieron (they) laughed
rió (s/he) laughed
robaron (they) stole
rodeada surrounded
rojo: se puso rojo (s/he) blushed
rompiendo breaking
sábado Saturday
sábanas sheets
sabe (you) know (s/he) knows
   ¿Sabe? Do you know?
sabemos (we) know
saben (you) know
saber to know
sabes: ¿Sabes? Do you know?
sabía (I) knew
sabíamos (we) knew

sabían (they) knew

sabías: ¿sabías? Did you know?

sabias wise

salí (I) left

saliendo: saliendo con otra chica dating another girl

salieron (they) left

salimos (we) left

salió (s/he) left

salir to go out, to get out

    salir adelante move forward

saltamos (we) jumped

saludé (I) greeted

Salvador: El Salvador El Salvador

sarcástica, sarcástico sarcastic

se pronoun, reflexive marker, himself / herself

sé: (I) know

seamos (we) will be

seas (you) are

secundaria: escuela secundaria high school

    último año de secundaria senior year

seguía (s/he) continued

seguimos (we) continued

seguir to continue

segundo second

segura: estoy segura I'm sure

seguramente for sure

seguro: número de seguro social social security number

semanas weeks

señorita Miss

sentada (she was) sitting

sentí (I) felt

sentía was feeling

sentíamos we were feeling

sentían they were feeling

sentido: tenía sentido made sense

    no me he sentido bien I haven't felt good

sentimos (we) feel

sentir to feel

sentó (he) sat

sepa: cuando sepa when s/he will know

separan (they) separate

ser to be

seremos: siempre seremos we will always be

sería (it) would be

seríamos (we) would be

serio serious

si if

sí yes, in fact

    yo sí sabía I did know

    sí me di cuenta I did realized

    hay otras cosas que sí son difíciles para mí there are things that are,   in fact, difficult for me

sido been

siempre always

siendo being

siente: lo que se siente how it feels

siento (I) feel

significa means

siguiente following

    al día siguiente at the next day

siguió continued

    me siguió followed me

silencio silence

sin without

sirve: no me sirve it's not useful to me

lo que le sirve a una mujer
what is useful to a woman
sitios places
situación situation
sobre about
sobrevivir to survive
social: número de seguro social
social security number
sociales: estudios sociales Social
Studies
solo just, only
soltó: soltó una carcajada (s/he)
laughed loudly
somos (we) are
**Somos Soñadores, no
criminales** We are dreamers, not
criminals
son (they) are
soñaba (I) dreamed
soñaban (they) dreamed
Soñadora Dreamer
Soñadores Dreamers
sonreían (they) smiled
sonreír to smile
sonriendo smiling
sonrió (s/he) smiled
sonrisa smile
sorprendida(s) surprised
sorprendió: me sorprendió it
surprised me
sorpresa surprise
soy I am
su his, hers, theirs
suave soft
subieron (they) got in
subimos (we) climbed
subió: se subió al escritorio (s/he)
got up on the desk
subir go up

suelo floor
sueño(s) dream(s)
suerte luck
supe: siempre supe (I) always knew
supieron: siempre supieron (they)
always knew
supo (s/he) knew
Suprema: Corte Suprema Supreme
Court
Sur: Corea: Corea del Sur South
Corea
sus your, its, his, her, their
tal: tal vez maybe, perhaps
también also
tampoco nor, either, neither
tan such, so
tanto so much
tarde(s) afternoon(s)
te you, yourself
temporal temporary
tendría (I) would have
tendríamos (we) would have
tendrías (you) would have
tenemos (we) have
tener to have
tengamos (we) have
tengas (you) have
no tengas miedo don't be
scared
tengo (I) have
no tengo ganas I don't feel like
tengo miedo I'm afraid
tenía had
tenía sentido made sense
tenía dos años was two-years-
old
teníamos (we) had
tenían (they) had

cuántos años tenían how old were they

tenido: había tenido had had

tercero third

terminado: Nick y yo habíamos terminado Nick and I had broken up

hayan: hayan terminado had broken up

terminamos: él y yo terminamos he and I broke up

terminar: no me dejaron terminar didn't let me finish

terminó (s/he) broke up

ti you

tía aunt

tiempo time

tiene (it, s/he) has

tienen (they) have

me tienen preocupada I've been concerned about you guys

tienes (you) have

tímido, tímida shy

tíos aunt and uncle

toc toc knock knock

tocaba: tocaba una guitarra played a guitar

tocar: tocar la puerta knock the door

tocó: tocó la campana the bell rang

toda, todo, todos everyone, all, everything, all of us

todos los años every year

tomábamos: tomábamos un par de clases (we) were taking a couple classes

toqué: toqué la puerta (I) knocked the door

trabajaba worked

trabajan (they) work

trabajando (they) are working

trabajar to work

trabajo work

permiso de trabajo working permit

trabajos jobs, work

traje: les traje I brought you

trajeron: nos trajeron they brought us

me trajeron they brought me

les trajeron they brought them

trámites paperwork

trampa ¿haces trampa? Do you cheat?

no hago trampa I don't cheat

tranquila: más tranquila calmer

tratado: han tratado (they) have tried

tratan: nos tratan mal they treat us badly

le tratan mal they treat her badly

trato (I) try

triste sad

tristeza sadness

tu your

tú you

tus your, yours

tutora private tutor

tuve (I) had

tuviera would have

tuvimos (we) had

tuviste (you) had

tuvo (s/he) had

último last

último año de secundaria senior year

un, una a, a, one

uní: me uní al grupo I joined the
group
uniera: para que se uniera for her
to join
único only one
unieron: se unieron they joined
unió (s/he) joined
universidad college, university
unos a few, some, about
usa (s/he) uses
usan (they) use
usando using
usted you (formal)
ustedes you (plural)
va is going to
se va a caminar goes out to
walk
vales: vales mucho you are worth a
lot
vamos (we) are going to
¡Vamos a ganar! We will win!
van (they) are going to
vas (you) going to
vas a la escuela you go to
school
¿Qué vas a hacer? What are
you going to do?
ve: se les ve mal you guys don't
look good
veces times
a veces sometimes
vecino neighbor
veía: no me veía a los ojos he didn't
look me in the eyes
cada vez que yo le veía every
time I saw him
comía lo que veía ate whatever
she found or saw
veían (they) looked

ven (you) come
se ven muy felices they look
very happy
venga: para que venga so he could
come
venía was coming
venían (they) were coming
venir to come
ventana window
ver to see
verdad right, true
vergüenza embarrassment
versión version
vez time
tal vez maybe
otra vez again
vi (I) saw
vida life
vidas lives
viejo(s) old
viene: Rosa viene y punto Rosa is
coming, period.
vienen (they) come
vienes (you) come
**viera: yo no quería que Rosa me
viera llorar** I didn't want Rosa
to see me cry
viernes Friday
vieron (they) saw
vimos (we) saw
vine (I) came
vinieron (they) came
viniera: para que viniera so that
she came
vino (s/he) came
vio (sh/e) saw
violencia violence
visto seen
vivamos (we) live

vive (s/he) lives
vives (you) live
vivía lived
vivías (you) lived
vivir to live
vivo (I) live
volaban: las noticias volaban news
traveled fast
voluntarias, voluntarios volunteers
volvamos let's go back
volver go back
volvimos: volvimos a ser novios we
got back together
volvió: volvió a la clase returned to
class
volvió del trabajo came home
from work

voy (I) am going to
lo voy a pensar I'm going to
think about it
No voy a ir I'm not going
voz voice
vuelan: las noticias vuelan news
travel fast
**vuelvas: no quiero que vuelvas a
hablar así** I don't want you to
speak like that again
y and
ya anymore, by now, already
ya no estaba triste (s/he) was
not sad anymore
yo I

AUTHOR'S NOTE

During my first year as a graduate journalism student at UC Berkeley, a lecturer spoke about immigration, and I was taken aback by the questions my fellow classmates asked. "Why don't they just become citizens?" was one of them. I was shocked, as I had assumed that educated grad students would be more informed.

I realized that as an immigrant myself, I was more aware than others about the law and the impact it has on undocumented people. There are news stories about immigration, but it's challenging to relate and to comprehend the human struggles behind the numbers.

I also noticed that, in comprehensive literature when the topic of immigration is touched upon, a non-immigrant is often the one writing the story.

Recognizing the importance of representing the experiences of DREAMers, undocumented youth who are mostly Spanish-speaking immigrants, I felt compelled to write a story about them. *Soñadores* is a coming-of-age narrative that depicts the lives of three undocumented senior-year students and explores what this means to them as they approach graduation from high school. The story is a page-turner with rich characters, and despite the book being about a serious social issue, there are plenty of moments of laughter.

All the characters in *Soñadores* are fictional, but I used my real-life experience as an immigrant and the experiences of my immigrant friends to write this novella. One of my main goals is to humanize conversations about the DREAMers and to help readers improve their Spanish skills at the same time.

Verónica Moscoso, author of *Soñadores*

THE AUTHOR

Verónica Moscoso is an exceptional storyteller, author, journalist, and documentary filmmaker extraordinaire!

Originally from Quito, Ecuador, Verónica brings her unique voice, language skills, and cultural heritage to the world of Spanish language learning.

Her collection of fabulous easy-to-read books for Spanish students range from captivating fiction to eye-opening real life stories.

Get ready to meet unforgettable characters, explore social issues with a fresh perspective, dive into iconic legends, uncover the bond between humans and animals, and even crack up with her hilarious book of jokes! And the best part? They are all written in natural, conversational Spanish.

But there is more, she has won nine awards for her documentary film "*A Wild Idea*" and has authored articles, multimedia projects, and radio pieces in both English and Spanish. Plus, she holds a degree from the renowned UC Berkeley Graduate School of Journalism.

On top of that, her globetrotting adventures in the Middle East and Southeast Asia have enriched her vision and added a worldwide touch to her storytelling.

Now residing in California, Verónica continues to create compelling content.

Visit her website at www.veromundo.store

OTHER BOOKS BY VERÓNICA MOSCOSO

CARLA NO HABLA
Level 1

A vibrant, **full-color** graphic novel about about a shy girl navigating a new school, who gradually finds her voice through the power of friendship and empathy.

LOLA
Level 1

A vibrant, **full color** graphic novel that follows Lola, a sweet, feisty cat, through her emotions interactions, and adventures with other furry companions and her human family.

LA LEYENDA DE CANTUÑA
Level 1+

A historical fiction novella that takes place in the 16th century. Inspired by Quito's most popular legend.

OLIVIA Y LOS MONOS
Level 1-2
Based on the true story of the troop of wild monkeys that live in Misahuallí and their unique interaction with humans.

HALLOWEEN VS DIA DE LOS MUERTOS
Level 2
A light-hearted story about friendship and also about the similarities and differences. between two strong cultural traditions.

EL REY ARTHUR
Level 2
Based on the true story of Arthur, the Ecuadorian street dog turned into a celebrity.

EL PEQUEÑO ANGEL
DE COLOMBIA
Level 2

The true story of Albeiro Vargas, a Colombian boy famous for his magnificent humanitarian work.

CHISTES PARA
APRENDER ESPAÑOL
Level 2+

This book is a compilation of 30 short easy-to-read jokes. They are appropriate for all ages and each has a fun illustration, glossary, and questions.

ALMA DE LOBO
Level 2-3

The extraordinary true story of Marcos Rodríguez Pantoja, the only documented case of a feral child in Spain.

EL DELFÍN MÁGICO DE LA AMAZONÍA
Level 3

A magical realism novella filled with love, obsession, and mystery, set in an Amazon town where ancient traditions and enchantment merge.

LOS OJOS DE CARMEN
Level 3-4

Daniel, an American teen, goes to Ecuador to find the perfect picture for a photography contest. There he meets Carmen, a girl with exceptional eyes...

www.veromundo.store

More info at **www.veromundo.store**
We offer bulk discounts for school districts,
schools, bookstores, and distributors.

www.facebook.com/veromundofb

www.instagram.com/veromundo.store

This book was written by a Latin American author.